문학과지성 시인선 549

물안경 달밤

신영배 시집

2015 신영배

문학과지성사

문학과지성사에서 펴낸 신영배의 시집

『오후 여섯 시에 나는 가장 길어진다』(2009)
『물속의 피아노』(2013)
『기억이동장치』(문학과지성 R, 2015)
『그 숲에서 당신을 만날까』(2017)

문학과지성 시인선 549
물안경 달밤

펴 낸 날 2020년 10월 30일

지 은 이 신영배
펴 낸 이 이광호
주   간 이근혜
편   집 최지인 이민희 조은혜 박선우 방원경
펴 낸 곳 ㈜문학과지성사
등록번호 제1993-000098호
주   소 04034 서울 마포구 잔다리로7길 18(서교동 377-20)
전   화 02)338-7224
팩   스 02)323-4180(편집) 02)338-7221(영업)
전자우편 moonji@moonji.com
홈페이지 www.moonji.com

ⓒ 신영배, 2020. Printed in Seoul, Korea

ISBN 978-89-320-3785-1 03810

이 책은 한국문화예술위원회 '2019 아르코문학창작기금'에 선정되어 발간된 작품입니다.

문학과지성 시인선 549

물안경 달밤

신영배

시인의 말

우울이 나를 가두고 구두를 감추었다.
물로 구두를 만들었다.
여기, 물구두를 신고 달린 기록.

2020년 가을
신영배

물안경 달밤

차례

달과 마트

환한 곳으로 움직였다

밤새 반짝인 것에 가격이 붙었다

죽어가는 것의 진열을 보았다

헤매는 길도 계산에 넣었다

책은 표지만 팔렸다

섬뜩함에서 뛰어내렸다

물을 한 덩이 한 덩이 셌다

흐르는 문장을 비추겠다

이미 낡았다

하얗게 질려서 나왔다

애인에게 편지를 썼다

애인에겐 문법이 없고,
문법이 없어서 애인에게 닿을 수 없다

달밤이라고 썼다

구두가 나에게 달을 설명했다
바닥에 고인 물은 구두와 춤추는 달
다가갈수록 물은 어두워지고 춤은 환해지고

모자가 나에게 달을 설명했다
벽에 부딪치는 음악은 모자가 흔드는 달
음악이 점점 넓어지고 귀 그림자가 점점 커지고

달은 없고, 애인에게 편지를 썼다

구두와 모자 사이에 달
사이에 꽃병을 그렸다
사이에 물송이를 피웠다

달은 보여줄 수 없고, 애인에게 편지를 썼다

꽃병 안엔 달이 들어 있다
꽃병을 설명하기 위해
꽃병은 설명될 수 없고,
달밤이었다

꽃병을 기울이고 달을 썼다

물송이와 구두가 걸어갔다
물송이와 모자가 날았다

애인에게
나는 물송이와 움직였다

물안경

창문을 열어두었다
손끝에 물병을 열어두고
발끝에 여행가방을 열어두고
감은 눈은 어딘가를 열지 못해서
밤은 색깔이 없었다
바람이 어딘가를 열고 있었다
머리맡에 놓인 책이
한 장 한 장 저절로 펼쳐졌다
바다가 나오는 페이지에
물안경이 놓여 있었다
그녀와 나는
물병을 더듬다가
여행가방을 더듬다가
물안경을 집어서 썼다
파란색을 흔들어라
그 물속으로
가라앉고 가라앉고
하루 종일 만진 사물들이 입을 벌렸다
그녀와 나도 입을 벌렸다

물송이 물송이 물송이 물송이
달빛이 어딘가를 열고 있었다
물병이 한껏 부풀었다
물안경을 쓰고 그녀와 나는
두 다리를 오므렸다가 길게 뻗었다
두 팔을 모았다가 넓게 펼쳤다
여행가방이 달과 함께 움직였다
푸르고 깊은 밤하늘을
그녀와 나는 헤엄쳤다

데이트

테이블의 입모양을 더듬다 접시의 입모양을 더듬다 접시 위 포크의 입모양을 더듬다

창문의 입모양을 더듬다 바람에 넘어가는 책의 입모양을 더듬다

밤의 하얀색을 더듬다 잠의 입모양을 더듬다 꿈속의 말모양을 더듬다

길가에서 터졌다 질질 끌려가며 터졌다 헤어지지 못하고 터졌다

검게 변한 말과 애인이었던 모양을 더듬었다 얻어터졌다

그 단어를 읽고 헤어지려고 했다 그 단어와

눈이 멀었던 말들의 책은 입을 벌리지 않았다

손끝으로 더듬어서 찾을 수 있는 것들을 더 이상 찾을
수 없었다

꿈속의 말을 찾을 수 없다 잠을 찾을 수 없다 하얀색을
찾을 수 없다

창문이 우는 것을 찾을 수 없다 바람에 넘어가는 것을
찾을 수 없다

테이블을 찾을 수 없고 테이블 위 접시를 찾을 수 없고
포크에 찍힌 손등을 찾는 순간, 모든 것을 찾을 수 없었다

이제 손끝엔 물송이가 달리기 시작하고

그녀는 가방을 안고 잠이 들었다

어두운 가방을 안고 있었다

그녀와 나는

좌석에 나란히 앉았다

버스가 달렸다

그녀는 가방을 안고 잠이 들었다

어디쯤에서 바람이 불었다

가방이 움직였다

나무가 달렸다

어디쯤에서 구름이 흘렀다

멀미가 가방 속에서 그것을 꺼냈다

모눈종이의 방

아이가 쓰러진 칸에

칼이 계속 꽂히는

방으로부터

나무가 달렸다

그녀는 가방을 안고 잠이 들었다

어디로 가는지 알 수 없었다

달리는 나무만 보았다

그녀와 나는

계속 물이 흘렀다

가방이 움직였다

나무가 달렸다

물송이1이 달렸다

멀리

물송이2가 달렸다

멀리

물송이3이 달렸다

멀리멀리

그녀는 가방을 안고 잠이 들었다

그녀(B, 32)는 남편이 술 취해서 오는 날이면 부엌을 치웠다 칼을 치웠다 부엌칼에서 멀리 아이를 떼어놓았다 멀리 아이를 감추었다 멀리 아이를 재웠다 깨어나면 죽을지 몰라 멀리멀리 잠이 들었다

물송이4가 달렸다

풀과 교복

나무와 나무 사이
교복이 걸려 있다
윗도리만 걸려 있다
계절 내내
걷어 가는 사람이 없고
반팔, 흰색, 풀어 헤쳐진
바람
옆에는 사람들의 통로가 있고
공중에는 수많은 창문들이 달려 있고
리본, 명찰, 단추, 뜯긴
안개
치마는 어디로 갔을까
소문에
풀이 자란다
휩싸인 소녀와 함께
풀이 자란다
물송이1이 뛰어오른다
물송이2가 뛰어오른다
멀리서 돌아오는 소녀가 있고

닫힌 집이 있고

빠르게

풀이 자란다

물송이3이 뛰어오른다

장마가 오고

소녀는 돌아오다가 흐르다가

휩싸인 말

물송이4가 뛰어오른다

풀이 자란다

무섭게 풀이 자란다

　그녀(B, 15)가 실종되고 그녀의 속옷과 안경이 전시되
었던 길바닥은 흑백 흑백

물구두를 신고

그녀(B, 44)는 우편물을 훔치는 여자였다
봄에 돌아다녔으니까
어느 날은 붙여 읽고 어느 날은 띄어 읽는
시 두 줄처럼
그녀의 힐이 움직였다
힐은 불규칙
훔치며 미끄러진다
훔치고 제자리에 갖다 놓으며
미끄러진다
살짝 뜯고 감쪽같이 붙여놓을 수 있는 구름
구름은 완벽하게 그녀의 머릿속을 지나고
모자는 빨간색
빨간색 독촉 날짜를 읽고
향기로운 치마
바람난 문장을 잡고
장미의 방향
집 나간 소녀를 향해
힐은 패턴
윗집으로 옆집으로 옆집으로

아랫집으로 옆집으로 옆집으로

그녀를 둘러싸고 여자들이 깨어나고

여자들이 그녀의 힐을 잡아채자

장미는 벗겨지고

모자와 치마는 피어나고

힐은 낭패

여자들이 까르르 웃을 때

물송이1 구른다 물송이2 구른다 물송이3 구른다 물송이4 구른다

쉿!

봄이 깨기 전에

여자들은 돌아다녀야 했으니까

깨면 사라지는 봄에

물구두에

두 발을 집어넣고

개밥과 소녀

들판에 개가 버려졌다
나무에 묶인 개
컹컹
우는 나무에게
나는 달려갔다
개와 함께 나무를 끌었다
끌려오지 않았다
컹컹
버려진 적
컹컹
운 적
소녀가 달려왔다
가벼운 발과
환한 손과
가장 빠른 물송이1과 B와 11
우리는 함께 개를 끌었다
끌려오지 않았다
나는 개에게 개밥을 주었다
소녀가 냉큼 살코기 한 점을 집어 먹었다

재빠른 바람

소녀의 입술은 비릿하고

나도 나의 비릿한 무엇을 꺼내려고

바람을 잡는데

개밥은 왜 개밥인가

단어의 풀을 생각하는데

컹컹

하얗게

소녀가 웃었다

물송이1이 잽싸게 개밥을 물고 달렸다

물속에서 손을 잡았다

B와 나, 48과 나, 그녀와 나

그녀는 돈다 한낮에, 강이 마른 이곳에서, 하얀 손은 떠다닌다

이곳에서 사람들은 끓고 달린다 끓기고 주저앉는다, 하얀 손은 떠다닌다

끓고 운동기구를 바꾸었다 끓기고 문을 열지 않았다 끓고 새로 처방을 받았다 끓기고 악취를 풍겼다 끓고 달았다 끓기고 얼었다, 하얀 손은 떠다닌다

물을 쥐고 있다가 그 손을 잃어버렸다 그리고 그녀와 마주쳤다

알몸으로 도는 그녀

알몸엔 꽃잎 무늬

맞은 곳이 푸른색에서 붉은색으로 변하고 있었다

햇빛을 뒤집어쓰고 나도 푸른색에서 붉은색으로

살을 끄집어냈을 때

나의 벌어진 입도 꽃잎 무늬

강을 찾으며

우리는 함께 돌았다

물송이1과 물송이2와 물송이3과 물송이4와

잃어버린 손을 찾았을 때

우리는 물속이었다

터미널과 생리대

떠나는 길이었는데 두 발이 보이지 않았다
물을 내려다보았다
터미널에서
돌아오는 여자와 부딪히고
서 있는 여자와 부딪히고
우리는 같은 시간대에서 붉은색을 끌었다
그녀(B, 54)는 돌아오기 위해 그것을 썼고
나는 떠나기 위해 그것을 썼고
소녀는 서 있었다
서 있기 위해 소녀는 그것을 써야 했다
그녀와 나 사이에서 소녀는
어느 사이에 지갑을 훔쳤다
나는 잃어버려도 좋은 단어를 생각했다
잃기 위해 쓰는 시를 생각했다
지갑은 제자리로 돌아오고
붉은색은 쏟아지고
같은 시간대에서
우리는 물을 내려다보았다
물속에 발들이 비쳤다

돌아오는 발과 물송이1이 흘렀다
떠나는 발과 물송이2가 흘렀다
서 있기 위한 발과 물송이3이 흘렀다
터미널에서
잃어버린 물송이4와

물과 B, 80

그 집엔 그 할머니가 살았다
문장 속으로 몸을 집어넣는 할머니는
자꾸 단어를 까먹어서
문장이 점점 쪼그라들었다
목이 타는 날은
집 안에 있는 모든 물을 틀어놓았다
몸이 물에 불어서 문장은 넘쳤다
장롱 속으로 들어가 물을 감추고
들키면 문장은 알몸이었다
물과 빨간 불을 가지고 놀다
사이렌이 울리면
문장은 울었다
물을 보자기에 싸도 싸도
새기만 해서
문장은 힘이 빠졌다
집구석을 빠져나갔다
퍼붓는 비에 옷을 벗었다
벗은 문장이 좋았다
꽃들에게 욕을 퍼붓고

꽃들과 웃었다

웃는 문장이 좋았다

강물 속으로 들어갔다

끌려 들어갔던 그날처럼

다리와 골반이 휘어졌다

물송이1이 굽이쳤다

물송이2가 굽이쳤다

물송이3이 굽이쳤다

물송이4가 굽이쳤다

집으로 돌아가는 길은 없고

굽이치는 몸을

끝없이

문장 속으로

문장 속으로

이불과 물의 방

이불은 다리 없는 아이와 산다
이불은 손이 뭉개지는 아이와 산다
이불은 청색으로 변하는 아이와 산다
이불은 아이가 태어날 때 태어났다
아이가 크지 않을 때 이불도 크지 않았다
이불은 발작이 오는 아이와 산다
아이가 떨면 이불도 떤다
이불은 토하는 아이와 산다
아이가 젖으면 이불도 젖는다
이불은 아이를 둥글게 말아 달을 흉내 낸다
이불은 아이를 풀고 달을 푼다
이불은 웃는 아이와 산다
이불은 우는 아이와 산다
태풍이 몰아치면 이불은 아이를 달랜다
눈보라가 치면 이불은 아이를 녹인다
꿈에 달빛이 들고 이불은 반짝인다 아이도 반짝인다
이불은 출렁인다 아이도 출렁인다
물송이1이 산다
물송이2가 산다

물송이3이 산다

물송이4가 산다

숲과 물베개

엄마가 걸어가고 길은 하얘졌다
안개 속에서 발소리가 들렸다
엄마는 집을 나가 돌아오지 않았다
흰색을 들여다보면
숲으로 들어가는 엄마가 보였다
등에 베개를 업고 있었다
엄마가 들어가고 숲은 하얘졌다
물송이 물송이
입을 벌리면
물송이가 숲으로 움직였다

물송이 물송이
가슴을 벌리고
그녀(B, 64)가 숲으로 움직였다
죽은 베개를 등에 업고 있었다
등에서 물이 흘렀다
숲에 누워 베개에게 젖을 물렸다
물이 흘렀다

말을 놓아버린 나무들이 베개를 옮겼다

물송이1의 나무
물송이2의 나무
물송이3의 나무
물송이4의 나무

젖을 먹은 아이는 춤춘다

물송이1이 춤춘다
물송이2가 춤춘다
물송이3도 춤춘다
물송이4도 춤춘다

물의자에 앉아

그녀는 강을 건너고 있었다
시집을 펼쳐 들고 있었다
시집이 무릎 위에 떨어지더니
치마 속으로 사라졌다
그녀는 치마 속에 손을 넣어
시집을 꺼내려고 했다
버스가 기우뚱했다
치마가 출렁였다
강 위에 놓인 다리는 끝이 없고
나는 내려야 할 곳에서 잠이 들었다
그녀(B, 29)가 버스에서 내렸다
아직 강을 다 건너지 않았는데
나는 그녀를 따라 내렸다
불에 타서 검게 그을린 정류장이었다
등이 타서 등이 없는 사람과
가슴이 타서 가슴이 없는 사람이
서로를 알아보았다
우리는 불에 탄 의자에 앉았다
등에서

가슴에서

어느 쪽의 연애에서

어느 쪽의 긴 이별에서

물송이1이 날아올랐다

물송이2가 날아올랐다

물송이3이 날아올랐다

물송이4가 날아올랐다

우리는 살짝 날았다

그녀가 치마 속에 손을 넣어

시집을 꺼내려고 했다

출렁였다

출렁였다

아직 강 위였다

나는 내려야 할 곳에서 잠이 들었다

B, 풍기다

그녀(B, 24)는 골목에서 당겨졌다 골목이 어긋나고 어긋난 곳에 그녀는 유기됐다 쓰러진 나를 매일 집으로 데려가는 나의 길, 그 길에서 그녀는 풍겼다

비린내…… 어떤 물체를 강하게 밀어내는

그날 그녀의 몸을 당겼던 물체는 망치, 팔을 부러뜨리던 망치, 목을 꺾던 망치, 입으로 들어오던 망치, 망치……

악몽으로 어둡거나 악몽으로 환하거나

길의 똑같은 얼굴 속에서

물송이1이 의자를 당겼다

의자는 주저앉으며 물렁해졌다

B, 말들을 안았다

물송이2가 모자를 당겼다

모자를 쓰고 모자 모양을 생각했다

B, 말들을 지저귀었다

물송이3이 망토를 당겼다

망토는 바람으로 가슴을 부풀렸다

B, 말들을 부풀렸다

물송이1이 다시 의자를 당겼다

주저앉으며 물렁해졌다, B

물송이4가 구두를 당겼다

반짝이는 구두에 다가갔다

구두가 달을 향해 창가로 뛰어올랐다

말들을 놓쳤다, B

정면에 망치가 떠 있었다

망치1이 물송이1을 당겼다 물송이1은 달렸다 망치2가
물송이1을 뛰어넘고 물송이2를 당겼다 물송이2는 비명을
질렀다 망치3이 물송이3을 벽에 대고 내리쳤다 망치4가
물송이4를 끌고 왔다

물비린내…… 이미 쓰러진, 쓰러져서 멀리 가는

B, 유기된 그녀를 매일 집으로 데려가는 나의 길, 그 길
에서 나는 풍긴다

B, 48

돌아와서 그려보면 둥글다
방에선 매일 그것이 사라졌다
시로 쓴 사물
사라지고
B
돌다
물
산책
돌아와서 그려보면 둥글다
방은 출렁이고
구석이 모두 퍼지고
48
물
산책
돌아와서 그려보면 둥글다
B
시집을 옮긴다
모자를 잃어버린다
돌다

물

산책

돌아와서 그려보면 둥글다

B

티브이를 옮긴다

드레스를 입는다

돌다

물

산책

물송이1 돌다

물송이2 돌다

물송이3 돌다

물송이4 돌다

사과를 팔았다

나는 물모자를 쓰고
사과를 팔았다
바구니에 사과가 가득
사과는 맛이 없다
사과를 팔았다
물모자를 쓰고
사과를 파는 노인이었다
햇빛 속에서 늙었다
사과는 색이 없다
사과를 팔았다
사람들이 빠르게 지나갔다
사과를 팔았다
노을 속에서 꼬부라졌다
사과는 향기가 없다
사람들이 떠났다
버스가 떠났다
사과를 팔았다
가로등이 켜졌다
사과는 모양도 없다

사람들이 사라졌다

도로변이었다

차바퀴에 사과가 으깨졌다

사과는 비명도 없다

사과들이 굴러갔다

물모자를 쓰고 사과를 주웠다

한 알 한 알 주워 바구니에 담았다

사과를 팔았다

사과를 주우러 멀리 갔다

물송이1과 물송이2와 물송이3과 물송이4와

미용사 B와 비의 날

유리창이 물처럼 흘러내렸다
물을 활짝 열고 미장원을 열었다
B는 물가위를 들었다
그녀가 미장원으로 들어왔다
B는 그녀를 의자에 앉히고
그녀 목에 보자기를 둘렀다
보자기 속으로 그녀 몸이 쏙 들어갔다
B가 가위질을 했다
그녀 발에 물송이가 떨어졌다
맨발과 물송이
으깨진 발목과 물송이

짧은 치마가 그녀를 찾으러 왔다
물가위가 귓바퀴처럼 벌어졌다
B는 그녀 목에서 보자기를 걷어냈다
그녀가 사라졌다
B는 그녀가 사라진 자리에 짧은 치마를 앉히고
가위질을 했다

챙 넓은 모자가 그녀를 찾으러 왔다
물가위가 손가락처럼 벌어졌다
보자기를 걷어내자 짧은 치마가 사라졌다
B는 의자에 챙 넓은 모자를 앉히고
가위질을 했다

새빨간 구두가 그녀를 찾으러 왔다
물가위가 눈동자처럼 벌어졌다
보자기 속이 부풀어 오르고
사라진 챙
넓은 모자
B는 의자에 새빨간 구두를 앉혔다

가위질을 할 때마다 가위에서 물송이가 떨어졌다
물송이 물송이 물송이 물송이

자, 가장 아팠던 시간으로 가볼까요?

사라진 그녀와

사라진 사물들과
새빨간 구두가
꿈속으로 들어갔다

창밖에서 내리던 비가 그녀를 찾으러 왔다
B는 비를 앉히고 가위질을 했다
물송이 물송이 물송이 물송이

이제 깨면 돌아옵니다

새빨간 구두가 가장 먼저 깨고
챙 넓은 모자가 돌아오고
짧은 치마가 돌아오고
그녀가 가장 나중에 돌아왔다

문이 물로 젖어서 흐늘거렸다
B는 물을 닫고 미장원을 닫았다

빗속을 걸어갔다

짧은 치마를 입은 그녀와

챙 넓은 모자의 그녀와

새빨간 구두를 신고

물버스 정류장

불룩한 그림자를 끌고 그녀가 왔다
기다리며
나는 무심코 그녀의 그림자를 밟고 있었다
버스가 왔다
그녀가 불룩한 그림자를 떼어놓고 버스에 탔다
버스가 떠났다
기다리며
나는 불룩한 그림자를 들여다보았다
가득 찬 쓰레기봉투였다가,
말이 없었다
다시 들여다보았다
닭 뼈와 플라스틱
다시 들여다보았다
닭 뼈와 플라스틱을 머리에 얹고
소녀(B, 12)가 있었다
담겨서,
말이 없었다
기다리며
나는 불룩한 그림자를 몸에 붙였다

잘 붙지 않았다

말을 붙여보았다

소녀는 물송이

나도 물송이

우리는 몸에서 물송이와 닮은 것들을 상상했다

물빛으로 버스가 왔다

거기 가나요?

물버스가 출렁였다

나는 물버스에 탔다

불룩한 그림자와 함께

거기 가나요?

소녀가 물었다

나는 출렁였다

거기가 어딘지 알 수 없었다

출렁였다

거기가 어딘지

누구도 묻지 않았다

어느 사물도 묻지 않았다

나의 밤 나의 바다

검은 물을 다 끌어다 놓고 너는 보이지 않는다 나는 푸른색으로 시를 쓴다 서서히 바다가 보이면 떠나는 너의 얼굴이 보인다 나는 푸른색으로 너의 얼굴을 쓴다 푸른색엔 왜 상처가 안 보일까 터진 입술도 왜 반짝이기만 할까 나는 푸른색으로 시를 지운다 나의 밤 나의 바다

넘어지는 곳에서 검은 파도가 출렁인다 나는 푸른색으로 너의 등을 안는다 푸른색엔 왜 소름이 없을까 몽둥이로 맞은 등도 왜 출렁이기만 할까 나는 푸른색으로 시를 지운다 나의 밤 나의 바다

바다에 밤이 있다는 것을 처음 안 소녀를 데리고 물송이1이 달린다, 상처를 감추기 시작한 소녀를 데리고 물송이2가 달린다, 깨진 발등이 드러나고 물송이3이 달린다, 검은 물을 쓰기 시작한 소녀를 데리고 물송이4가 달린다, 시 한 편에 넘어오는 그녀(B, 19)와 푸른색에 넘어가는 나의 밤 나의 바다

2부
물안경이 떠 있는 테이블

끌다

나무 아래엔

바람

묶인

자루

다시 나무 아래엔

바람

깊은

자루

개는 어디로 갔을까

아이는 왜 사라졌을까

다가갈수록 자루 속에서 사물은 커지고

작은

물송이1과 물송이2

다시 나무 아래엔

바람

검은색

개의 털들이 날리고

다가갈수록 자루와 사물은 뾰족해지고

조용히

물송이3과 물송이4

다시 나무 아래엔

바람

멀리

아이의 공이 굴러가고

다가갈수록 사나워지는 자루, 사물

물송이1과 물송이2

물송이3과 물송이4

끌다

점점 커지는 그것을

끌다

점점 뾰족해지는 그것을

끌다

개를 찾으며

아이를 안으며

끌다

점점 사나워지는 그것을

끌다

다시 나무 아래엔

바람

물송이1과 물송이2

물송이3과 물송이4

아주 희미한 건반

달이 창 안쪽에 뜰 때
달이 책상 위나 소파 위에도 뜰 때
나는 누워서 손끝을 짓는다

모양은 벌어지기만 하고 모양이 없는 모양 멀어지려는
모양

꽃병을 달 위에 올려놓는다
어긋나고, 꽃병이 깨진다
깨진 꽃병을 줍다가, 안다가

구두를 달 위에 올려놓는다
미끄러지고, 구두가 떨어져 내린다
떨어져 내리는 구두가 되어
쓰다가, 날다가

찻잔을 달 위에 올려놓는다
쓰러지고, 찻잔이 물을 쏟는다
찻잔처럼 귀가 벌어져서

울다가

달을 향해
물송이1과 물송이2와 물송이3과 물송이4의 소용돌이

매일 실패하는
아주 희미한 건반 위에
달이 뜰 때

달 위에 꽃병
달 위에 구두
달 위에 찻잔

모양은 벌어지기만 하고 모양이 없는 모양 멀어지려는
모양

물안경과 푸른 귀

1

새 한 마리를 옮기고 바람은 귀를 가졌다

안개를 옮기고 아침은 흰 귀를 가졌다

나무 한 그루를 옮기고 한낮은 환한 귀를 가졌다

꽃잎 하나를 옮기고 햇빛은 반짝이는 귀를 가졌다

저녁엔 귀가 울어서 나는 단어를 옮겼다

다시 나무 한 그루를 옮기고 밤은 어두운 귀를 가졌다

2

아이가 울고 옷걸이는 점점 단단해졌다

주먹질을 하는 방에선 기타가 점점 커졌다

한 여자가 사라지고 텔레비전 소리가 커졌다

소녀들과 장난감, 누군가 비명을 질렀다

다락에 갇혔던 팔다리에선 자물쇠 잠그는 소리가 계속
났다

계속 밤이었다

귀가 울어서 나는 사물을 옮겼다

물가위

빗속으로 구두가 던져질 때
화분 높이
비의 하단이 벌어졌다
짧은 치마가 짧게 던져질 때
유리창이 반짝 하고
비의 하단이 벌어졌다
어깨가 벗겨지고
단추가 뜯기고
블라우스가 던져질 때
골목에 살색이 버려질 때
검은색은 더 휘어지고
공기는 더 비릿하고
비의 하단이 벌어졌다
던져진 것이 바닥에 으깨지거나
벽에 달라붙거나
머리채일 때
비의 하단이 싹둑

벌어졌다

빗속에 B가 서 있었다

벌어졌다

창문 안쪽에도 비가 내리고
아프지 않게 종이인형을 가위로 오리는 손끝으로부터

물꽃뱀상자

소녀는 상자 속에 손을 넣고 기다렸다
엄마가 물어준다면, 야호! 소리를 지를 텐데
소녀도 말을 물 텐데
꽃망울처럼 말을 터뜨릴 텐데
소녀는 엄마와 살던 마을을 접어서
종이배로 띄웠다
물이 멀리 흘러갔다
소녀는 상자 속에 손을 넣고 기다렸다
물어주세요 엄마
새로 살게 된 마을에서도
사람들은 소녀를 알이라고 생각했다
알 속에 꽃뱀이 있을 거라고
알에서 나와 꽃뱀으로 돌아다닐 거라고
엄마가 쫓겨난 마을과
소녀가 숨어서 사는 마을이 겹쳤다
물은 돌아와 달을 삼키고 다시 뱉어라
소녀는 상자 속에 손을 넣고 기다렸다
그게 뭐니?
사람들이 소녀가 사는 구멍을 찾아냈다

이건 밤이에요
소녀는 상자를 흔들었다
밖으로 나오렴
사람들이 손을 내밀었다
이건 꽃이에요
소녀는 상자를 흔들었다
사람들이 고개를 가로저었다
이건 뱀이에요
소녀는 상자를 흔들었다
사람들이 구멍을 메웠다

나는 물꽃뱀상자 속에 손을 넣고 기다렸다

이건 달밤이에요

나는 상자를 흔들었다

물걸레와 옥상

떨어져라 떨어져라 미는 바람을 잡았다 웃는 바람을 놓았다 다시 잡았다 놓았다 장난, 당신들은 웃으면서 민다

걸레를 입에 담고 당신은 신사 말끔한 남자 향기 나는 숙녀 새하얀 여자 근엄한 아저씨 바른 아줌마

난간, 한 여자가 몰리고 한 소녀가 죽으러 가고 그 작은 아이도 아래를 내려다보는, 난간

물이 계단을 올라가고 위로 흐르고 계단은 계단이 아니다 물이 옥상을 안고 가볍게 날고 옥상은 옥상이 아니다

물이 집 안으로 들어가 소파를 적시고 소파 위에 앉은 남자들과 여자들을 적시고 소파가 아닌 소파 위에서 벌어지는 입

커튼을 젖히고 밀쳐놓은 치마와 여자를 젖히고 걸레는 걸레가 아니다

물기타

기타엔 구멍이 있다 그 구멍을 들여다보다가 빗소리를 들었다 가로줄을 세어보았다 귀가 한 겹 더 흔들리고, 가로로 내리는 비

창밖에 있는 집들을 세어보았다 가로로 누운 길과 음악, 집과 집 사이에 구멍이 있다

옆으로 누워서 잠이 들었다 잠이 들어 옆으로 누운 당신과 마주쳤다 바라보다 음악

책상 밑으로 새가 사라졌다 새를 찾기 위해 책상을 지웠다 책 속으로 구름이 사라졌다 뒹구는 음악, 책엔 구멍이 많아진다

일어나지 못하는 개와 음악

꿈에서 깨지 않는 귀와 음악

B와 음악

쓰러뜨리지 않으려고 꽃병을 옆으로 뉘어놓았다 꽃은 없고, 꽃병엔 구멍이 있다

시, 가로줄을 세어보았다

B와 나는 우산을 같이 쓰고 있었다

누군가 창문 밖에서 유리 조각을 밟았다 비볐다 장마
는 끝나지 않고 핏물이 흘렀다 누군가 유리 조각이 되어
창문을 넘어오던 밤
　그 장소는 계속 생겨나고, 지워지지 않아서
　B는 붉은 창문에 갇혔다

붉은 창문에선 계속 비가 내렸다
창문과 비를 옮기기 위해
B는 붉은색을 불었다
악기처럼
불었다
벌어진 입은 모양이 없고
B는 활짝

걸어갔다

B와 나는 우산을 같이 쓰고 있었다

살이 부러진 쪽으로 빗방울이 들이쳤다

빗방울이 가득 찬 눈, B가
나를 바라보았다
B의 눈 속에서 나는 나무였다
물송이를 피우느라
나의 가지들은 분주하고

길이 갈라지는 곳에서
B와 나는 헤어졌다

살이 부러진 쪽으로 비가 기울었다
B가 기우뚱했다
새는 곳이 많아지고
옮길 것이 많아지고
활짝

B는 걸어갔다

붉은 창문으로부터

나도 활짝

서 있었다

B와 나는 우산을 같이 쓰고 있었다

물악기

물방울 달린 악기를 만들기 위해 B는 허벅지에 박힌 그것을 빼낸다 등에 박힌 그것을 빼낸다 뒤통수에 박힌 그것을 빼낸다

물방울 달린 악기를 연주하기 위해 귓바퀴에 박힌 그것을 빼낸다 목에 박힌 그것을 빼낸다

탁 탁 탁 구석에 몰아넣는 소리를 빼낸다

탁 탁 탁 주먹을 날리는 소리를 빼낸다

탁 죽어라 하는 말을 빼낸다

탁 탁 밟는 소리를 빼낸다

탁 찍는 소리를 빼낸다

그림자가 두 개로 갈라지는 골목이었다 아이들이 벽에 소년을 세워놓고 호치키스를 박았다 돌아서면 그만인 벽에서 아이들이 돌아섰다 사라지면 그만인 벽에서 소년은 사라졌다 온몸에 그것이 박힌 채

문장 만드는 일을 직업으로 가진 B였다 소년의 기억을 가진, 그 벽을 지나가며 B는 ㄷ자 철사 침을 주웠다 매일 주웠다 주워서 날랐다 날랐다 물 쪽으로

날라서 문장을 만들었다

문장은 사라지는 악기, 계속 날랐다 연주하기 위해

물운동화 1

B는 보이는 대로 걸어갔다
집에서 후다닥 떨어져서 걸어갔다
B가 창문에서 뛰어내렸다는 이야기를
우리는 듣고 있었다
부모가 숨긴 운동화는 숨어서
자라지 않고
B도 자라지 않고
부모가 가둔 방에서
B는 겨우 숫자를 셌다
배가 고파서
더 이상 가벼워질 수 없어서
창문에서 뛰어내렸다
B는 보이는 대로 걸어갔다
물송이1과 물송이2와 걸어갔다
눈앞의 가게로 들어갔다
과자를 안고 먹었다
사람들은 엄청 컸다
말을 걸 수 없었다
커다란 경찰모자가 다가왔다

같이 가자

더 이상 작아질 수 없어서

B는 발을 내밀었다

경찰들이 B를 데리고 갔다

B는 걸어갔다

물송이3과 물송이4와 걸어갔다

햇빛 속으로

B는 보이지 않는 대로 걸어갔다

1 2 3 4

1 2 3 4

숫자를 세며

물운동화 2

운동화는 말귀와 산다
엉뚱한 데로 가는 말귀와 산다
학교가 끝나고 집으로 가는 길이었다
검은색이 나타나 버섯 흉내를 냈다
소녀는 버섯의 집으로 간다
회색이 나타나 토끼 흉내를 냈다
소녀는 토끼의 집으로 간다
엉뚱한 데로 집이 줄줄 샜다
할머니가 달려왔다
운동화는 말귀와 산다
집은 잃어버리고, 할머니는 반가운 말귀와 산다
버섯할머니와 버섯의 집으로 간다
토끼할머니와 토끼의 집으로 간다
운동화는 말귀와 산다
강을 건너는 말귀와 산다
물 위에서 날리는 말귀와 산다
집으로 들어가 밥에 붙는 말귀와 산다
할머니의 잔소리에도 웃는 말귀와 산다
나 죽으면 어떡할래?

할머니가 손가락을 크게 부풀려도

까르르 뒹구는 말귀와 산다

물운동화 3

오른발은 집을 잃고, 말을 잃고, 가벼운 사물
왼발은 길을 모르고, 발을 모르고, 엉뚱한 사물

운동화가 풀밭 위를 걸어갔다
B와 나는 운동화를 따라갔다
여행가방을 끌었다
운동화가 나무 주위를 돌았다
B와 나도 나무 주위를 돌았다
여행가방을 끌었다
운동화가 물을 향해 날아갔다
B와 나도 물을 향해 날아갔다
여행가방을 끌었다
강가에 소녀가 앉아 있었다
건널 수 있을까?
건널 수 없을까?
어느새 소녀가 사라지고 운동화만 남았다
강물에 운동화가 비쳤다
소녀의 웃음소리가 났다
물송이1과 물송이2

74

강물에 여행가방이 비쳤다

물송이3과 물송이4

강물이 출렁였다

웃음소리가 가득했다

물송이1과 물송이2

물송이3과 물송이4

환하게

칼과 물거울

거울 속에서 파란색은 파란색 옷을 벗지 않았다

한 사람이 거울 속에 있었다 등은 두 팔을 빨아들이고
두 손을 빨아들이고 손끝의 칼을 빨아들이고, 파란색

파란색에게
물송이1이 다가갔다 물송이2가 다가갔다 물송이3이
다가갔다 물송이4가 다가갔다

소녀는 쓰러져 있었다
빈집으로 이어진 길 위에
파란색은 서 있었다

빈집으로 소녀를 끌고 가지 마라
나도 쓰러진 B
나도 칼에 찔린 48
나도 당하는 그녀

거울 속에서

등은 점점 파래졌다

두 팔과 두 손이 점점 파래졌다

칼이 반짝였다

사물들은 옷을 입고 벗질 않는다

파란색에게

물송이1이 일렁였다 물송이2가 일렁였다 물송이3이 일렁였다 물송이4가 일렁였다 B, 손끝으로 물의 옷을 짓다 B, 물의 옷을 입히다 물송이1이 칼을 끌었다 물송이2가 칼을 끌었다 물송이3이 칼을 끌었다 물송이4가 칼을 끌었다

거울 속에서 물이 흘렀다

파란색

옷이 벗겨지며 줄줄 흘러나왔다

물 빨간 구두

빨간 구두가 벽시계 아래 놓였다
걸을까
벽시계를 떼어내면 집이 무너질 것 같아

빨간 구두가 가족사진 아래 놓였다
걸을까
가족사진을 치우면 집이 흔들릴 것 같아

빨간 구두가 화분 아래 놓였다
걸을까
화분이 걸으면 집이 주저앉을 것 같아

풀밭 위였다
집 없이
B가 서 있었다

빨간 구두가 빨간 치마 아래 놓였다
걸을까

물고무줄 총

1

B가 내 옆을 지나갔다
엄마로 보이는 여자가 함께 지나갔다
아슬아슬한 어딘가
툭,
B의 뒤통수에서 고무줄이 끊어졌다
여자가 손에서 뭔가를 놓는 사이
고무줄이 사라졌다
풀어 헤쳐진 B의 머리카락이 길게
길게
내 옆은 고무줄처럼 늘어나고
길게
길게
저녁
한쪽 눈이 돌아가고
물송이1이 돌아간 눈을 따라 달렸다
쓰러진 화분에서 길게 머리카락이 자라났다
내놓은 가구에서 길게 머리카락이 자라났다

B가 쓰러진 화분과 달렸다
B가 내놓은 가구와 달렸다
상자는 움직이지 않고, 어두워지기만 하고

2

편의점에서 라면에 물을 붓고 기다릴 때
딸랑, 방울 소리를 내며 소녀가 편의점으로 들어올 때
소녀가 밥을 고를 때
나는 집중하느라 미간에 힘이 들어가고
불은 면발을 집어서 옮길 때
다시 딸랑,
소녀가 밥에서 떨어질 때
내 손끝이 명사 하나를 이쪽에서 저쪽으로
옮길 때
상자 속에서 손끝이 부러질 때
툭, 내 뒤통수에서 고무줄이 끊어졌다
끊어진 고무줄을 물고 물송이2가 달렸다

3

B는 상자를 열고 물웅덩이를 들여다보았다
잡혔던 머리채가 검게 떠올랐다
물송이3이 물웅덩이 속으로 달렸다

4

교실은 상자 속이었다
아이들이 손가락에 고무줄을 걸고
총 모양을 만들었다
팽팽해지자
방아쇠를 당겼다
B에게
고무줄이 날아갔다
총알이 날아갔다
B는 눈이 찢어졌다

찢어진 눈 속으로 물송이4가 달렸다

5

길게

길게

머리카락이 풀어지는 저녁

나는 B와 B와 B와 고무줄을 쥐고 있었다

상자를 안고 걸어갔다

상자 속에선 총소리가 났다

우리는 미끄러졌다

상자를 안고 걸어갔다

총소리가 났다

우리는 쓰러졌다

B와 B와 B와

우리는 손가락으로 물송이 모양을 만들었다

팽팽해지자

물송이를 날렸다

물송이를 날렸다

우리는 상자를 안고 걸어갔다

물송이를 날렸다

물송이를 날렸다

길게

길게

머리카락이 풀어지는 저녁

고무줄을 다시 썼다

총을 다시 썼다

팽팽해지자

고무줄총을 쐈다

(상자를 옮겼다)

면도날과 물비행기

눈을 감았다가 뜨면 물비행기가 나타났다

실처럼 가볍고 가느다란 비행기

B는 쓰레기 속에 발이 빠졌다

엄마는 평생 도망쳤다는데

반짝이는 비행기에 타지 못했다

B는 태어나면서부터 도망쳤다

쓰레기 속을 헤치고 헤쳤다

쓰레기는 점점 쌓여 산을 이루었다

할례

꼭꼭 숨겨진 면도날 이야기는

소녀들의 몸을 찢었다

이야기의 맨 꼭대기에 있는 남자가

면도날을 들고 찾아왔다

B는 도망쳤다

쓰레기 속을 달렸다

쓰러졌다가 깨어나면 눈앞에 물비행기가 떴다

B는 손을 뻗었다

쓰레기 산엔 비행기가 앉지 않는다고

경고 사이렌이 울렸다

면도날이 반짝였다
B는 도망쳤다
도망쳐도 도망쳐도 쓰레기 속이었다

별들이 물송이로 떨어지는 밤
물송이 나는 밤
발이 공중으로 떠오르고
꿈에 보이는 문자

환한 밤의 물비행기

B는 물비행기에 탔다, 날아갔다

물안경이 떠 있는 테이블

그녀는 방금 태어났는데 박해받는 여성이었다
안경 좀 벗어봐요
테이블 맞은편에 앉은 33이 말했다
안경을 벗은 얼굴이 더 예쁠 것 같다고 했다
B는 시를 쓴다고 말했다

27은 방금 고백했는데 폭행을 당하는 여자였다
안경 좀 벗어봐요

소녀들은 방금 태어났는데 끌려가고 있었다
안경 좀 벗어봐요

33이 개를 집어던질 때 34는 그 개 옆에 있었다
안경 좀 벗어봐요

그와 헤어지고 안경과 테이블이 남았다
파도 소리가 커진 뒤에
해변에
안경과 테이블이 남았다

B, 비명을 지르고 유기될 것이다
안경 좀 벗어봐요

다시 그와 헤어지고
해변에
안개 속에
안경과 테이블이 남았다

48은 가장 약한 사물로 당신 앞을 지나갔다
방금

방과 어항

　음악이 있었다 B, 한낮이었다 다리가 많은 벌레는 다리를 점점 떼어내며 죽어갔다 나는 내가 가진 단어들을 조금씩 떼어냈다 음악이 있었다 B, 물고기 한 마리가 지느러미를 흔들었다 죽은 한 마리를 건져냈다 물이 크게 출렁였다 남은 물고기에 나의 단어를 붙였다 음악이 있었다 B, 다시 단어를 떼어냈다 음악이 있었다 B, 남은 물고기가 크게 지느러미를 흔들었다 어항이 점점 넓어졌다 방이 점점 좁아졌다 나는 남은 사람이었다 음악이 있었다 B, 어항이 점점 환해졌다 방이 점점 환해졌다 나는 나의 단어 지느러미를 크게 흔들었다 음악이 있었다 B, 방과 어항이 같은 넓이를 가졌다

3부
걸어가며 마르는 나무

달밤

*

구두가 나에게 달을 설명했다. 또각또각 어딘가를 열고 있었다. 당신은 떠 있는 사람으로, 다리를 둥글게 말았다. 달이 뜨지 않고, 달에게 던진 말들도 뜨지 않는 창가에서 나는 어두워졌다. 꿈에서 달. 달이 책상 위에 앉았다. 말을 건질 때마다 책상이 출렁였다. 달이 옷걸이에 걸렸다. 말을 벗느라 안간힘을 쓸 때 옷걸이엔 내 비틀린 사지가 걸렸다. 물이 뚝뚝 떨어졌다. 구두가 여전히 나에게 달을 설명했다. 편지 위에 앉은 달.

*

나는 시를 쓰면 안 되는 사람일지 모른다. 잠이 들어 숲에 갔을 때. 나무들을 따라 걸을 때. 나는 왜 쓰는가. 발을 내려다볼 때. 첫번째 바람이 오고. 어쩌면 나는 시를 쓰면 안 되는 사람일지 모른다. 어디서 깨어나야 할지 모르고. 잠이 들어 숲에서 나오고. 다시 잠. 잠과 식사. 잠과 말. 잠과 벽. 시인들의 방이 숲에 있고 그 작은 숲에 갔을

91

때. 길을 따라 향기가 날 때도 있고, 안 날 때도 있고. 새
소리를 따라 걸을 때. 나는 왜 쓰는가. 귀를 만져볼 때. 두
번째 바람이 오고. 어쩌면 나는 시를 쓰면 안 되는 사람
일지 모른다. 다시 잠이 들어 숲으로 가고. 비 오는 날엔
숲에 가지 않는다. 방에 빗소리가 가득하고. 초록색. 잠
도 스러지고. 식사도 스러지고. 벽 속에서 꺼낸 말도 스러
지고. 방이 숲이 되니까. 나는 왜 쓰는가. 누워만 있을 때.
물에 잠긴 숲에 갔을 때. 세번째 바람이 오고.

*

*그녀가 구두로 등장하고 춤을 춘다. 나도 구두로 등장
한다. 달이 밝다.*

*

집과 문장. 어느 벽이 헐릴 때 노파가 함께 헐리고, 소
녀가 뛰쳐나오고. 귀가 헐어 말귀가 없는 노파를 데리고,
입이 헐어 말을 삼킨 소녀를 데리고 물송이들이 걸어갔

다. 매일 밤 뜨는 달을 헐어 반달은 노파의 귀에 대주고, 초승달은 소녀의 입에 걸어주고, 나머지 달은 서로의 몸에 발라주었다. 반짝이는 물송이들. 집과 문장. 어느 벽이 헐릴 때.

*

나의 집은 어디인가. 바람 아래쪽. 구두가 쑥 빠져 들어간 여기 나의 집은 구덩이. 맨홀 위를 걷고 지하도를 건넌 구두가 바람과 함께 머리 위에 떠 있었다. 몸을 둥글게 말고 눈을 뜨면 구덩이. 구두가 놓인 구덩이. 물이 고인 구덩이. 눈을 다시 뜨면 물과 구두가 움직였다. 눈을 다시 뜨면 달빛에 물과 구두가 날았다. 어둠이 끼어들고 난 뒤에도 환한 말 구덩이. 바람 왼쪽. 날개가 생겨나는 나의 가벼운 집.

*

그녀가 모자로 등장하고 노래를 부른다. 나도 모자로

등장한다. 밝다.

*

비가 내리고 나무 아래로 뛰어 들어간 너와 나 사이에,
발이 가까워진 사이에, 나무가 흔들리고 머리가 가까워
진 사이에, 닿지 않는 사이에, 써야 할 시가 있다. 너는 알
아들을 수 없는 귀를 가졌고, 알 수 없어서 부푸는 몸을
가졌고, 나는 달빛을 따라가는 눈을 가졌고, 벌어지는 입
을 가졌고, 너와 나는 수시로 자리가 바뀐다. 너와 나 사
이에 써야 할 시가 있다. 지금 너는 물송이를 알아들을
수 없고, 지금 나는 물송이를 쓰려고 하고, 나는 지금 물
송이를 쓸 수 없고, 너는 지금 부푼다. 손에 빗물을 받는
사이에, 너의 머리가 빗속으로 들어가는 사이에, 발이 멀
어지는 사이에, 나무가 흔들리고, 닿지 않는 사이에, 써야
할 지금, 미끄러지는 사이에.

*

창가에서 달이 가버렸다. 나는 움직이지 않고 잠이 들

었다. 길가에서 꽃송이가 발등을 쳤다. 눈을 뜨자 달이 가 버렸다. B는 잠이 들어 움직였다. 깨어나는 곳 없이 밝은 밤과, 깨어나는 곳 없이 어두운 낮과, 꽃송이도 돌아다니 다, 달도 돌아다니다, 우리는 서로에게 걸려 잠을 밝혔다. 밤에 돌아다니는 소녀에게. 낮에 돌아오지 않는 소녀에 게. 물송이들이 움직였다. 서로에게 걸리는 곳에서 어떤 말도 걸려, 부드러운 밤과 부드러운 낮과.

*

그녀가 구두로 등장하고 내가 모자로 등장한다.

*

물과 사과를 놓고 아침은 파랗다. 나무와 바람을 놓고 점심은 파랗다. 다시 물과 사과를 놓고 저녁은 파랗다. 달 을 놓고 밤은 하얗다. 다시 아침을 놓고 물과 사과는 하 얗다. 점심을 놓고 나무와 바람이 하얗다. 저녁을 놓고 다 시 물과 사과가 하얗다. 밤을 놓고 달은 다시 파랗다. 다시 하얗다. 넘어지고 넘어져도 달만 있으면 쓸 수 있는 몸이 다시 빨갛다. 식탁 밑으로 들어갔다. 식탁은 넘어지는 사물. 옮겨서 아침을 쓰고, 옮겨서 점심을 쓰고, 옮겨서 저녁을 쓰고, 옮겨지지 않아서 밤엔 웅크렸다. 식탁 밑에서 달을 기다렸다.

*

구두와 모자. 춤을 춘다. 노래를 부른다.

*

바람과 나무가 걸어갔다. 환하게 뒤집히는 나뭇잎을 따라 나도 어디 환하게 뒤집혀서, 푸른 다리를 썼다. 바람과 나무가 걸어갔다. 나는 푸른 손을 썼다. 끝을 날리며. 돌아오지 않기 위해 바람과 나무가 걸어갔다. 나는 푸른 등을 썼다. 등을 보였다. 영원히 푸른 눈을 썼다. 바다에 닿으면 눈에선 물이 불어나고 바다는 커져서 보이지 않을 테지. 그 큰 물송이를 소녀는 어떻게 안고 있는 걸까.

바람과 나무가 걸어갔다. 나는 푸른 귀를 썼다. 뒤집히는 나뭇잎을 따라 새소리가 뒤집히고 뒤집히는 새소리를 따라 나도 어디 환하게 뒤집혀서.

*

종이가 거울로 반짝이는 낮을 지나 거울이 종이로 바뀌는 낮이 이어졌다. 나는 시집을 쓰고 있었다. 집 밖으로 파지를 내놓으며 나는 허리가 굽었다. 굽은 채 한나절 걸었다. 소파에 닿지 않았다. 물소파를 쓸 수 없다. 집 밖에선 허리 굽은 여자가 파지로 집을 짓고 있었다. 파지. 파지. 파지. 파지를 귀에 대보는 의식이 있었다. 나는 집 밖으로 파지를 밀고 밀었다. 파지. 파지. 파지. 시집을 쓸수록 그녀가 짓는 집이 커졌다. 파지. 파지. 파지. 한쪽 집은 허물어지고 있었다. 종이거울을 들여다보며 시집을 썼다. 집과 집 사이에서, 허물어지는 말에 가까이, 주워서 귀를 대보는 말에 가까이.

*

내가 구두로 등장하고 그녀가 모자로 등장한다.

*

　상자들의 골목이었다. 물송이들은 아직 움직이지 않는다. 어느 상자일까. 향기가 났다. 어느 상자일까. 달릴 것이다. 상자에서 혀가 빠져나왔다. 혀는 칼 모양이 되고, 칼 모양은 칼이 되었다. 상자에서 꽃 한 송이가 빠져나왔다. 꽃이 칼을 물었다. 물고 달렸다. 이때다. 물송이1이 달렸다. 물송이2가 달렸다. 물송이3이 달렸다. 물송이4가 달렸다. 돌부리가 솟고 꽃이 넘어졌다. 물송이1이 넘어졌다. 물송이2가 넘어졌다. 물송이3이 넘어졌다. 물송이4가 넘어졌다. 상자들의 골목이었다. 반짝였다. 어느 상자일까. 계속 넘어질 것이다.

*

구두와 모자. 춤춘다. 노래한다.

*

잃어버린 단어. 그 속에선 계속 비가 내리고 그 비 내리는 장소가 떠내려오면 B는 활짝! 같이 걷던 당신은 나무가 되고, 헤어질 땐 나무를 잃어버리고 활짝! 뭔가를 찾아 헤맬 땐 빗속이었다. 몸이 기울어진 쪽으로 말들이 들이쳤다. 젖은 어깨는 초라하고 체온은 떨어지고 새는 곳은 많아지고 활짝! 눈빛이 커지고 귀가 새파래지고 활짝! 숲으로 들어가 헤어지고 헤어지고, 활짝!

*

우리 숲에서 헤어지자.

*

구두와 모자. 벌어진다.

*

음악을 담고 귀를 메워버린 동물이 될까. 귀들을 흐드러지게 피운 식물이 될까.

*

구두와 모자. 멀어진다.

*

닭 뼈처럼 바람이 불었다. 플라스틱 눈이 내렸다. 물송이와 나는 어두운 계절에 놓였다. 해변에 가까워지고 있었다. 물송이와 나는 나란히 누웠다. 물에 닿는 꿈엔 향기로운 바람이 불고 부드러운 눈이 내렸다. 해변에 가까워지고 있었다. 물송이와 나는 눈을 감았다.

*

　잠이 들어 출렁인다. 잠이 든 줄 모르고 출렁인다. 낡은 것도 안고 출렁인다. 비가 오고 소파는 뚱뚱해지고, 나는 소파에 앉아 비를 맞는다. 눈을 뜨면 소파가 있을 자리에 소파가 보이지 않는다. 눈을 감고 소파를 찾았을 땐 그 자리가 아니다. 밖으로 소파를 내놓고 다시 소파를 안으로 들이고, 그 사이엔 소파가 없다. 아플 때는 아무것도 쓸 수 없지만 정말 아플 땐 물소파를 쓸 수 있다. 출렁이고 소파는 파랗다. 쓸 때보다 지울 때 더 파랗다. 출렁이고 소파는 따듯하다. 따듯하길.

*

　구두와 모자가 걸어간다. 그녀와 내가 걸어간다. 벌어지는 구두 멀어지는 모자, 벌어지는 모자 멀어지는 구두. 달빛 속에서 우리가 옮기는 것은 무엇일까.

*

꽃들은 눈을 뜨고 돌아다녔다. 눈의 향기에 밤은 비릿했다. 나무가 걸어갔다. 물송이1이 나무와 걸어갔다. 물송이2가 나무와 걸어갔다. 물송이3이 나무와 걸어갔다. 물송이4가 나무와 걸어갔다. 걸어가며 마르는 나무였다. 걸어가며 물송이1이 말랐다. 걸어가며 물송이2가 말랐다. 걸어가며 물송이3이 말랐다. 걸어가며 물송이4가 말랐다. 다 마르기 전에 눈을 한번 크게 뜨는 달밤이었다.

물物과 물[水] 사이 출렁이는 B의 세계

오연경
(문학평론가)

신영배의 시에서 물은 상징이나 이미지를 넘어 시의 몸 그 자체라 할 수 있다. 물은 사물을 더듬는 손길이자 시각이며, 시의 방법론이자 시의 말이며, 시와 생활을 끌고 여기까지 걸어온 발걸음이다. 일찌감치 첫 시집에서부터 시작된 이 물길은 세계와 언어를 흐르게 하는 시의 길이었으나, 모든 것을 한꺼번에 덮치는 거대한 범람이 아니라 하나하나 더듬어 적시는 물의 세공細工으로 이어온 길이었다. 한 덩이 한 덩이 세고 한 방울씩 꿰매어 물결을 만드는 시인의 세공은 이쪽의 사물과 경험을 저쪽 물의 세계로 옮기는 지난한 노동과도 같은 것이다. 이 노동은 수만 페이지로 이루어진 세계로서의 단단한 책을 한 글자, 한 단어, 한 문장 물빛으로 다시 빚어 흐르

게, 흔들리게, 구르게, 굽이치게, 날아오르게, 춤추게, 빛
나게 하는 일이다.

　그런데 물의 본질은 조각되거나 성형되지 않는다는
데 있다. 끊임없이 흐르고 움직이는 물은 고정할 수도,
붙들어 맬 수도 없다. 시인의 노동이 태생적으로 지워지
고 사라질 노동인 이유, 그래서 한시도 멈추지 않고 계
속되어야 하는 노동인 이유가 여기에 있다. 신영배는 이
러한 시 쓰기의 운명을 이미 첫 시집의 「시인의 말」에
새겨놓았던 것인지도 모른다. "밀물이 밀려와 말간 집을
짓고/썰물이 환하게 집을 지우는 풍경/해안선"[「시인의
말」, 『기억이동장치』(개정판), 문학과지성사, 2015]. 물
로 집을 짓고 다시 지우는 반복된 노동이 만들어낸 해안
선은 견고한 사물의 세계와 형태 없는 물의 세계 사이에
생겨났다 사라지는 경계, '물사물'의 세계다. 바로 이 자
리가 '物物'과 '물[水]'이 부딪쳐 뒤섞이며 출렁이는 집,
젖었다 마르기를, 가까워졌다 멀어지기를, 당겼다 밀어
내기를 거듭하며 지어지는 시의 집이다.

　시의 집은 물의 형이상학이 아니라 물의 물질성으로
지어진다. 신영배의 시에서 물은 의미나 관념을 실어 나
르는 상징물이 아니라 굳어 있는 말과 사물에 운동성을
부여하는 탄성彈性이나 장력張力 같은 것이다. 물은 글
자와 단어와 문장 사이를 돌고 감싸고 구르고 스미며 시
의 리듬 그 자체가 된다. 가령 이전 시집에 등장했던 '물

울' '물로' '달물' '물랑'처럼 물에서 파생되었지만 고정된 의미가 없는 낯선 조어들은 기존의 단어와 문장을 흔들어 파동을 만들어내는 요소들이다. 형태도 없고 셀 수도 없는 물을 한 톨, 한 방울, 한 덩이 등의 작은 단위로 명명하거나 하나하나 번호를 매기는 것 역시 물의 물질성과 운동성을 가시화하는 독특한 방법론이다. 이번 시집에서 신영배는 '물송이'라는 새로운 단어에 '1, 2, 3, 4' 번호를 붙여, 사라질 시의 집을 짓는 일에 착수했다. 그는 꽃이나 열매가 떠오르는 저 단어에 기대어 어둠 속의 사물을, 잃어버린 단어를, 상처 입은 마음을 한 송이 한 송이 물송이들로 피워내려 한다. 폭력으로 가득 찬 세계에서, 찢기고 버려진 그녀들에게서, 굳게 닫힌 사물들에서 가까스로 하나씩 물송이가 피어날 때, 우리는 어딘가 환한 세계로 옮겨지고 있다는 것을 알게 될 것이다.

*

신영배가 이토록 사물과 세계를 다른 쪽으로 옮기는 일에 매달리는 이유는 이쪽이 너무 어둡고 망가졌고 아프기 때문이다. 폭력은 어디에나 만연해 있지만 누구에게나 똑같이 체감되는 것은 아니다. 폭력은 늘 가장 약하고 소외된 자에게 가장 잔인하고 가혹한 힘을 휘두른다. 첫 시집부터 지금에 이르기까지 신영배의 시선이 머문 곳은 바로 저 폭력이 집요하게 파고드는 약한 고리, 즉 여성들의 삶이었다. 여성의 삶은 폭력이 거대한 일회적 사건이 아니라 미시적이고 항상적인 사태라는 것을, 생활의 속속들이 은폐된 채 개입하는 일상 그 자체라는 것을 보여준다. 여성에게 가해지는 폭력은 눈앞에서 벌어져도 목격되지 않는, 평생을 시달려도 말해지지 않는, 여성으로 태어나 죽을 때까지 촘촘하게 배치되어 있는 억압이다. 이번 시집에서 신영배는 이 유구한 폭력의 희생자를 "가장 약한 사물"(「물안경이 떠 있는 테이블」), 'B'로 호명한다.

B는 교복만 남긴 채 실종된 15세 소녀(「풀과 교복」), 골목에서 망치로 맞고 유기된 24세 그녀(「B, 풍기다」), 가정폭력에 시달리는 32세 그녀(「그녀는 가방을 안고 잠이 들었다」), 단추가 뜯기고 블라우스가 던져진 그녀(「물가위」), 태어나면서부터 할례를 피해 도망치는 소녀(「면도날과 물비행기」), "방금 태어났는데 박해받는 여성" "방금 고백했는데 폭행을 당하는 여자"(「물안경이 떠 있는 테이블」) 들이다. '그녀'라는 대명사 옆 괄호 속에 (B, 15) (B, 24) (B, 32) (B, 48) (B, 54) (B, 64) (B, 80) 등의 정보가 주어지면, 그녀는 한편으로 다양한 폭력의 양상을 겪고 있는 십대부터 팔십대까지의 익명의 여성들로 확장되고 다른 한편으로는 생애에 걸쳐 폭력의 경우의 수를 축적해온 여성의 일대기로 압축된다. 그러니까 저 괄

호 속 B항은 "나도 쓰러진 B/나도 칼에 찔린 48/나도 당하는 그녀"(「칼과 물거울」)로 누구나 대입될 수 있는 변수이지만, 그 자리가 항상 여성이라는 일정한 값을 갖는다는 점에서는 상수이기도 하다.

빗속으로 구두가 던져질 때
화분 높이
비의 하단이 벌어졌다
짧은 치마가 짧게 던져질 때
유리창이 반짝 하고
비의 하단이 벌어졌다
어깨가 벗겨지고
단추가 뜯기고
블라우스가 던져질 때
골목에 살색이 버려질 때
검은색은 더 휘어지고
공기는 더 비릿하고
비의 하단이 벌어졌다
던져진 것이 바닥에 으깨지거나
벽에 달라붙거나
머리채일 때
비의 하단이 싹둑

벌어졌다

빗속에 B가 서 있었다

—「물가위」 부분

"비의 하단이 벌어졌다"는 것은 어떤 사건의 발생을 암시한다. 표면적으로는 비가 내리는 상황을 묘사한 것으로 이해할 수 있지만, 던져지고 벗겨지고 뜯기고 버려지고 으깨지는 장면을 고려할 때 무수한 여성의 대명사인 'B'에게 벌어진 폭력적 사건을 떠올릴 수 있다. '벌어지다'의 중의적 해석을 매개로 '비'와 'B'가 연결되면 "빗속에 B가 서 있었다"라는 간결한 문장은 일종의 원형적 사태를 함축한 것으로 읽힌다. 세상은 고통이 물처럼 흐르는 빗속이고 바로 거기가 B의 자리라는 것. 그러니까 B는 계속 흐르는 '비', A 다음에 놓이는 'B', 주류의 여집합으로 존재하는 '비非'주류로서의 여성인 것이다. 그러나 바로 이 자리에서 B는 세계와 언어를 흐르게 할 수 있는, 기성의 반대쪽으로 옮겨 갈 수 있는, 주류의 질서를 부정할 수 있는 가능성을 부여받는다. 신영배는 B의 하단이 벌어지는 곳, 어둠이 더 깊어지고 공기가 더 비릿해지는 곳을 찾아, 그 어둡고 비릿한 물속에서 그녀들의 물송이를 불러낸다.

유리창이 물처럼 흘러내렸다

물을 활짝 열고 미장원을 열었다

B는 물가위를 들었다

그녀가 미장원으로 들어왔다

B는 그녀를 의자에 앉히고

그녀 목에 보자기를 둘렀다

보자기 속으로 그녀 몸이 쏙 들어갔다

B가 가위질을 했다

그녀 발에 물송이가 떨어졌다

맨발과 물송이

으깨진 발목과 물송이

짧은 치마가 그녀를 찾으러 왔다

물가위가 귓바퀴처럼 벌어졌다

B는 그녀 목에서 보자기를 걷어냈다

그녀가 사라졌다

B는 그녀가 사라진 자리에 짧은 치마를 앉히고

가위질을 했다

챙 넓은 모자가 그녀를 찾으러 왔다

물가위가 손가락처럼 벌어졌다

보자기를 걷어내자 짧은 치마가 사라졌다

B는 의자에 챙 넓은 모자를 앉히고

가위질을 했다

새빨간 구두가 그녀를 찾으러 왔다
물가위가 눈동자처럼 벌어졌다
보자기 속이 부풀어 오르고
사라진 챙
넓은 모자
B는 의자에 새빨간 구두를 앉혔다

가위질을 할 때마다 가위에서 물송이가 떨어졌다
물송이 물송이 물송이 물송이

자, 가장 아팠던 시간으로 가볼까요?
　　　　　　　　—「미용사 B와 비의 날」 부분

　"그녀"와 "짧은 치마"와 "챙 넓은 모자"와 "새빨간 구두"가 번갈아 미장원 의자에 앉으면 물가위가 "귓바퀴처럼" "손가락처럼" "눈동자처럼" 벌어진다. 물가위가 벌어지는 것은 비B의 하단이 벌어지는 것의 반대쪽 사건, 그러니까 그녀들의 상처와 아픔에 대해 귀와 손과 눈을 활짝 열고 아프지 않게, 덧나지 않게 어루만지는 일이다. 가위질은 의도적인 행위처럼 보이지만 B가 들고 있는 것은 그냥 가위가 아니라 '물가위'다. 물가위를 든

B는 그녀들에게 보자기를 씌우고, 보자기가 부풀어 올라 거기서 이야기가 흘러내릴 때까지 귀와 손과 눈을 열고 기다린다. B는 물을 활짝 열고 물가위를 준비했을 뿐, 이곳으로 찾아온 것은 그녀들이다. 물방울이 서로를 당기는 장력을 가지고 있듯이 그녀들은 "사라진 그녀", 자기 안의 잃어버린 그녀에게 이끌려 물의 미장원으로 온다. 그리고 그녀가 앉았던 자리에 앉아 저마다의 물송이들을 떨구고 사라지는 것이다. 이 연쇄적인 방문과 사라짐은 마치 물의 순환과 같아서 서로의 아픈 이야기가 하나로 합쳐져 흐르고 과거의 아팠던 시간이 여기로 와 흘러내린다.

비 내리는 날의 미장원은 이야기가 물처럼 흐르는 곳, "가장 아팠던 시간"으로 이끄는 곳, 거기서 사라진 그녀와 사라진 사물들의 세계로 당겨지는 곳, 그리하여 낱낱의 상처와 고통의 시간에서 한 송이 한 송이 물송이들이 피어나는 곳이다. 그렇다면 물을 활짝 열고 그녀들의 슬픔을 끌어당기는 저 미장원은 시의 집이 아니겠는가. 물가위를 들고 그녀들의 아픈 이야기를 기다리는 미용사 B는 시인이 아니겠는가. 시인은 그녀들의 이야기를 듣기 위해 세상 곳곳에서 풍기는 물비린내를 따라간다. 폭력에 유린당한 몸이, 버려져 뒹구는 몸이 물비린내를 풍기면 "나도 나의 비릿한 무엇을 꺼내려고"(「개밥과 소녀」) 몸이 당겨진다. "물비린내…… 이미 쓰러진, 쓰러져서 멀리 가는"(「B, 풍기다」) 이것에 당겨지면, 사물들이 입을 벌리고 말들이 부풀어 오르고 물송이가 달린다. 상처받은 세계로부터 멀리멀리, 사물과 단어와 문장과 슬픔을 옮기는 일이 이렇게 시작되는 것이다.

*

1

새 한 마리를 옮기고 바람은 귀를 가졌다

안개를 옮기고 아침은 흰 귀를 가졌다

나무 한 그루를 옮기고 한낮은 환한 귀를 가졌다

꽃잎 하나를 옮기고 햇빛은 반짝이는 귀를 가졌다

저녁엔 귀가 울어서 나는 단어를 옮겼다

다시 나무 한 그루를 옮기고 밤은 어두운 귀를 가졌다

2

아이가 울고 옷걸이는 점점 단단해졌다

주먹질을 하는 방에선 기타가 점점 커졌다

한 여자가 사라지고 텔레비전 소리가 커졌다

소녀들과 장난감, 누군가 비명을 질렀다

다락에 갇혔던 팔다리에선 자물쇠 잠그는 소리가 계속
났다

계속 밤이었다

귀가 울어서 나는 사물을 옮겼다
—「물안경과 푸른 귀」 전문

사물을 옮기면 새로운 귀를 갖게 된다. 바람이 새 한
마리를 옮기고 귀를 갖게 된 것은 서로를 통과했기 때문
이다. 아침이 안개를 옮기고 흰 귀를 갖게 된 것은 내내
닿아 있었기 때문이다. 햇빛이 꽃잎 하나를 옮기고 반짝
이는 귀를 갖게 된 것은 서로를 깊이 흔들었기 때문이

다. 이처럼 귀를 갖는다는 것은 사물의 침묵을 듣고 사물의 속성에 전염될 때까지 사물에 대한 충실성을 지속하는 것이다. "새 한 마리" "나무 한 그루" "꽃잎 하나"에게도 기울여야 닿을 수 있는 이야기가 있다. 그러니 아이의 울음소리, 주먹질 소리, 누군가의 비명 소리, 자물쇠 잠그는 소리가 계속되는 밤에 귀가 울지 않을 수 없는 일이다. 단어를 옮기고 사물을 옮기는 것이 귀가 울어서 행해지는 일이라면, 옮기기는 나의 결단이 아니라 저 고통받는 소리들의 명령에 따른 것이다. 그러니까 '물안경과 푸른 귀'는 상처 입은 자들에 대한 충실성, 그들에게 닿으려는, 그들의 소리를 들으려는, 그들과 함께 슬픔을 옮기려는 몸짓이다.

이번 시집에 수록된 시들의 주어 자리에 '우리'나 '그녀와 나'가 자주 등장하는 이유가 여기에 있다. "우리는 함께 돌았다/물송이1과 물송이2와 물송이3과 물송이4와/잃어버린 손을 찾았을 때/우리는 물속이었다"(「물속에서 손을 잡았다」). "같은 시간대에서/우리는 물을 내려다보았다/물속에 발들이 비쳤다/돌아오는 발과 물송이1이 흘렀다/떠나는 발과 물송이2가 흘렀다/서 있기 위한 발과 물송이3이 흘렀다/터미널에서/잃어버린 물송이4와"(「터미널과 생리대」). "등이 타서 등이 없는 사람과/가슴이 타서 가슴이 없는 사람이/서로를 알아보았다/우리는 불에 탄 의자에 앉았다" "물송이1이 날아올랐다/

물송이2가 날아올랐다/물송이3이 날아올랐다/물송이4가 날아올랐다"(「물의자에 앉아」). "하루 종일 만진 사물들이 입을 벌렸다/그녀와 나도 입을 벌렸다/물송이 물송이 물송이 물송이"(「물안경」). 이처럼 서로가 서로의 상처를 알아볼 때, "몸에서 물송이와 닮은 것들을 상상"(「물버스 정류장」)할 때, 우리는 함께 물송이가 되어 달리고 돌고 흐르고 날아오르고 출렁이는 것이다.

그런데 왜 저토록 반복해서 '물송이'라는 말을 발화해야 하는 것일까? 왜 물송이1, 물송이2, 물송이3, 물송이4를 하나하나 호명해야 하는 것일까? 이 시집이 "물방울 달린 악기"(「물악기」)라서, 물송이1, 2, 3, 4가 악기의 소리를 내는 일종의 음계音階라서 그런 것은 아닐까? 하나의 음이 다른 음과의 관계를 통해 음악이 되는 것처럼 물송이 1, 2, 3, 4는 반복과 변주, 이동과 자리바꿈, 사라짐과 돌아옴, 연속과 끊김 속에서 한 편의 시를 연주하고 있는 것이 아닐까? 그렇다면 물송이는 하나씩 연주되고 있는 음, 하나씩 씌어지고 있는 글자, 그리하여 음악이 되고 문장이 되고 시가 되어가는 중에 흐르고 있는 무엇일 것이다. 그것은 그녀에게도 있고 나에게도 있는 것, 폭력과 상처의 기억을 물 쪽으로 옮겨 피워내는 것, 그렇게 피어났다 금세 사라지는 것이다. "문장은 사라지는 악기"(「물악기」)이므로 이전 음이 사라지기 전에 다음 음의 소리가 나도록, 씌어진 문장이 사라지기 전에 다음 문장이 이어지도록 시인의 연주는 그치지 않고 계속되어야 한다.

돌아와서 그려보면 둥글다
방에선 매일 그것이 사라졌다
시로 쓴 사물
사라지고
B
돌다
물
산책
돌아와서 그려보면 둥글다
방은 출렁이고
구석이 모두 펴지고
48
물
산책
돌아와서 그려보면 둥글다
B
시집을 옮긴다
모자를 잃어버린다

—「B, 48」 부분

제목인 'B, 48'이 시인 자신을 지칭하는 것으로 짐작되는 이 시에서 시 쓰기는 끊임없이 돌고 도는 물의 산책으로 드러난다. "시로 쓴 사물"은 매일 사라지고 "돌아와서 그려보면 둥글다". 둥근 것은 아마도 돌고 도는 순환의 궤적, 물을 따라 산책을 하고 문장을 옮기고 시집을 옮기고 돌아와 옮겼던 것들을 다 잃어버리는 B의 궤적일 것이다. 신영배는 "잃어버려도 좋은 단어" "잃기 위해 쓰는 시"를 생각하고(「터미널과 생리대」), "나의 단어를 붙였다"가 "다시 단어를 떼어냈다"를 반복하고(「방과 어항」), "나는 푸른색으로 시를 쓴다"와 "나는 푸른색으로 시를 지운다"를 반복한다(「나의 밤 나의 바다」). 이 과정에서 모든 것이 원점으로 되돌아가는 것처럼 보이지만, 그러는 사이에 방이 출렁이고 음악이 흐르고 생활의 넓이와 시의 넓이가 같아진다. 신영배는 생활 세계에서 시의 세계로, 시의 세계에서 다시 생활 세계로 밀고 당기며 흐르는, 그렇게 시가 되어가(지 못하)는 과정 그 자체를 쓴다.

*

신영배의 시에는 유독 사물의 이름이 많이 보이고 몇몇 이름들은 반복해서 등장한다. 안경, 가방, 구두, 모자, 운동화, 치마, 식탁, 소파, 의자, 테이블, 창문, 물병, 꽃병, 악기, 이불, 베개, 가위, 상자, 기타, 손, 다리, 귀, 등, 바람, 나무, 달, 단어, 문장, 시집…… 이것들은 시인의 생활 가까이에 존재하는 것들이다. 이 명사들은 주로 단순한 행동을 나타내는 특정 동사와 결합된다. 그리하여 한 편의 시에는 주요 명사와 주요 동사가 있고, 그것들이 결합된 특정한 문장 구조가 반복·변주된다. 마치 단어와 단어가 관계를 맺으며 자율적으로 움직이는 것처럼 리듬이 만들어지고, 그 리듬이 의미의 작용을 낳는다. '단어'나 '문장'이라는 말이 시에 등장할 때, 언어가 아니라 여타의 사물처럼 다루어지는 이유도 여기에 있다. "문법이 없어서 애인에게 닿을 수 없"기 때문에, "꽃병을 설명하기 위해/꽃병은 설명될 수 없"기 때문에(「애인에게 편지를 썼다」) 문법과 설명을 넘어 단어 그 자체가 배치되고 결합하고 끊어지고 이동하는 힘으로 무언가에 가닿게 하려는 것이다.

　신영배는 "내 손끝이 명사 하나를 이쪽에서 저쪽으로/옮길 때"(「물고무줄 총」) 사물의 세계를 흔들어 시가 흐르게 할 수 있다고 믿는 것 같다. 「아주 희미한 건반」에서 이러한 시작詩作 행위는 단어를 달 위에 올려놓으려는 노력으로 표현된다.

　　꽃병을 달 위에 올려놓는다
　　어긋나고, 꽃병이 깨진다

깨진 꽃병을 줍다가, 안다가

구두를 달 위에 올려놓는다
미끄러지고, 구두가 떨어져 내린다
떨어져 내리는 구두가 되어
쓰다가, 날다가

찻잔을 달 위에 올려놓는다
쓰러지고, 찻잔이 물을 쏟는다
찻잔처럼 귀가 벌어져서
울다가

달을 향해
물송이1과 물송이2와 물송이3과 물송이4의 소용돌이

매일 실패하는
아주 희미한 건반 위에
달이 뜰 때

달 위에 꽃병
달 위에 구두
달 위에 찻잔

모양은 벌어지기만 하고 모양이 없는 모양 멀어지려는
모양

——「아주 희미한 건반」 부분

"꽃병을 달 위에" "구두를 달 위에" "찻잔을 달 위에"
올려놓는 행위는 '꽃병' '구두' '찻잔'이라는 단어를 그
것들이 속한 세계에서 저 멀리 달 위로 옮겨보려는 시도
다. '꽃병' '구두' '찻잔'이라는 보통명사가 보편적인 사
물의 세계를 벗어나 달빛 머금은 물송이를 피워내도록
새로운 가능성을 열려는 것이다. 그러나 달 위로 단어를
옮기는 것은 성공하기 힘든 일이다. 꽃병은 깨지고 구두
는 떨어지고 찻잔은 물을 쏟는다. 어긋나고 미끄러지고
쓰러지기를 반복하면서 줍고 안고 쓰고 날고 귀가 벌어
져 울다 보면 "물송이1과 물송이2와 물송이3과 물송이
4의 소용돌이"가 달을 향해 단어를 밀어올린다. 그러나
달 위의 단어는 "모양이 없는 모양" "멀어지려는 모양",
올려놓으면 떨어지고 닿으려 하면 미끄러지는 미완성의
것이다. 그래서 시 쓰기는 "매일 실패하는/아주 희미한
건반", 물송이 한 음을 눌러 달 위에 한 단어를 올려놓고
바로 다음 물송이를 찾아 손끝을 움직여야 하는 아주 힘
겨운 연주인 것이다.
　신영배는 이쪽에서 저쪽으로 단숨에 건너가 새로운
세계를 보여주는 것이 아니라 이쪽에서 저쪽으로 옮겨

가는 중의 사태, 그 움직임과 되어감 자체를 연주한다. 이번 시집의 3부에 배치된 「달밤」이라는 장시는 바로 이 되어감을 이루는 쓰기의 사태들을 유려한 산문시로 펼쳐 보인다. 말을 건질 때마다 출렁이는 책상에서 "나는 시를 쓰면 안 되는 사람일지 모른다" "나는 왜 쓰는가"라는 고뇌로 시작하여, 비가 내리는 나무 아래에서 "너와 나 사이에 써야 할 시가 있다"는 다짐을 하고, 쓸 때보다 지울 때 더 파란 출렁이는 소파에서 "따뜻하길"이라는 소망을 내려놓는다. 그런데 이 고단한 여정의 깊은 자괴감 속에서 시인이 쓰기를 멈추지 않는 이유는 무엇일까?

비가 내리고 나무 아래로 뛰어 들어간 너와 나 사이에, 발이 가까워진 사이에, 나무가 흔들리고 머리가 가까워진 사이에, 닿지 않는 사이에, 써야 할 시가 있다. 너는 알아들을 수 없는 귀를 가졌고, 알 수 없어서 부푸는 몸을 가졌고, 나는 달빛을 따라가는 눈을 가졌고, 벌어지는 입을 가졌고, 너와 나는 수시로 자리가 바뀐다. 너와 나 사이에 써야 할 시가 있다. 지금 너는 물송이를 알아들을 수 없고, 지금 나는 물송이를 쓰려고 하고, 나는 지금 물송이를 쓸 수 없고, 너는 지금 부푼다. 손에 빗물을 받는 사이에, 너의 머리가 빗속으로 들어가는 사이에, 발이 멀어지는 사이에, 나무가 흔들리고, 닿지 않는 사이에, 써야 할 지금, 미끄러지는 사이에.

—「달밤」 부분

너는 "알아들을 수 없는 귀"와 "부푸는 몸"을 가졌고 나는 "달빛을 따라가는 눈"과 "벌어지는 입"을 가졌다. 내가 물송이를 쓰려고 할 때 너는 알아듣지 못하고, 네가 물송이로 부풀 때 나는 쓸 수 없는 상태다. 그러나 너와 나의 자리는 수시로 바뀔 것이고 써야 할 시는 너와 나 사이에 있으므로 우리의 연대는 계속되어야 한다. 쓰기는 나의 의지로 나아가는 것이 아니라 너와 내가 "서로에게 걸리는 곳에서 어떤 말도 걸"(같은 시)릴 때 시작되는 것이다. 너와 나는 어긋나고 사물과 시는 닿지 않고 세상은 여전히 빗속이지만, "미끄러지는 사이" "닿지 않는 사이"가 바로 "써야 할 지금"이므로 한시도 쓰기를 중단할 수 없다. 우리 안의 물송이들이 움직이기 시작하면 그것이 다 마를 때까지 1, 2, 3, 4로 나아가는 스텝을 멈출 수 없다.

그녀가 구두로 등장하고 춤을 춘다. 나도 구두로 등장한다. 달이 밝다.

그녀가 모자로 등장하고 노래를 부른다. 나도 모자로 등장한다. 밝다.

그녀가 구두로 등장하고 내가 모자로 등장한다.

구두와 모자. 춤을 춘다. 노래를 부른다.

내가 구두로 등장하고 그녀가 모자로 등장한다.

구두와 모자. 춤춘다. 노래한다.

구두와 모자. 벌어진다.

구두와 모자. 멀어진다.

구두와 모자가 걸어간다. 그녀와 내가 걸어간다. 벌어지는 구두 멀어지는 모자, 벌어지는 모자 멀어지는 구두. 달빛 속에서 우리가 옮기는 것은 무엇일까.

——「달밤」 부분(중략 표기 생략)

「달밤」에서 사이사이 배치된 이탤릭체로 된 문장들만 모아놓으면 그녀와 나와 물송이가 춘 춤의 스텝이 드러난다. 그러니까『물안경 달밤』은 그녀와 내가 시라는 무대 위에 등장해서 물모자를 쓰고 물구두를 신고 함께 춘춤의 기록인 것이다. 나를 끌고 시로 달려가는 그녀, 단단한 사물을 물 쪽으로 당겨 물렁하게 만드는 그녀, 상처의 기억을 어루만져 물송이로 빚어내는 그녀, 벌어지고 멀어지는 사태를 겪어내는 그녀, 구두와 모자를 물구두와 물모자로 옮기는 그녀가 있어 비 내리는 B의 세계가, 잃어버린 B의 세계가, 미지의 B의 세계가 '활짝' 열린다. 신영배는 시 속의 그녀와 나에게 묻는다. "달빛 속에서 우리가 옮기는 것은 무엇일까." 이제는 물송이들을 따라 여기까지 걸어온 독자가 답할 차례다. 그것은 시인

과 우리들 사이, 물物과 물[水] 사이, 흔들리고 출렁이는
경계에서 지어졌다 사라지는 시의 집이라고. ▨